拉丁美洲首位诺贝尔文学奖得主

密丝特拉儿诗集

[智利] 密丝特拉儿 / 著
陈　黎　张芬龄 / 译

北方文艺出版社

图书在版编目（CIP）数据

密丝特拉儿诗集 /（智）密丝特拉儿著；陈黎，张芬龄译．-- 哈尔滨：北方文艺出版社，2017.8

ISBN 978-7-5317-3898-5

Ⅰ．①密… Ⅱ．①密… ②陈… ③张… Ⅲ．①诗集－智利－现代 Ⅳ．①I784.25

中国版本图书馆 CIP 数据核字（2017）第 121179 号

密丝特拉儿诗集

Misitelar Shiji

作　者 /［智利］密丝特拉儿　　译　者 / 陈　黎　张芬龄

责任编辑 / 王　爽　　封面设计 / 壹・书装

出版发行 / 北方文艺出版社　　网　址 / www.bfwy.com

邮　编 / 150080　　经　销 / 新华书店

地　址 / 黑龙江现代文化艺术产业园 D 栋 526 室

印　刷 / 北京东君印刷有限公司　　开　本 / 787 × 1092　1/32

字　数 / 90 千　　印　张 / 5

版　次 / 2017 年 8 月第 1 版　　印　次 / 2017 年 8 月第 1 次印刷

书　号 / ISBN 978-7-5317-3898-5　　定　价 / 32.00 元

目录

给母亲们的诗

I．给母亲们的诗

II. 给最悲伤的母亲

温柔

滥伐

榨酒器

智利之诗

附录

1945年诺贝尔文学奖得主

嘉贝拉·密丝特拉儿

（Gabriela Mistral）

得奖评语

“她那注入浓烈情感的抒情诗

使得她的名字已然成为整个拉丁美洲世界

渴求理想的象征。”

颁奖辞

瑞典学院委员

贾尔玛·古尔贝格

有一天，一个母亲的眼泪使得当时曾受到上流社会鄙视的整个语言被重新发掘它的高贵，并且透过其诗歌的力量赢得了荣耀。据说当佛烈德力克·米斯特拉尔（Frederic Mistral）——以地中海风命名的两位诗人之一——在学生时代用法文写下他最早的诗作时，他的母亲不停地落泪；这位来自萨格多克（Languedoc）的无知乡下妇人看不懂这高雅的语言。于是，米斯特拉尔用中世纪法国南部的方言写下《米赫儿》（*Mireio*），详细叙说美丽的小村姑对穷苦工匠的爱——这是一首散发出野花遍开的泥土芳香，却以残酷之死亡作结的叙事诗。因此，吟游诗人的古老语言再度成为诗的语言。1904 年的诺贝尔文学使世人注意到这项成就。十年后，这位写作《米赫儿》的诗人便与世长辞了。

同年（1914年），第一次世界大战爆发，一位新的“Mistral”诞生于世界的另一端。在智利圣地亚哥城所举行的“花之竞赛”中，嘉贝拉·密丝特拉儿（Gabriela Mistral）以数首题献给一位死去的男子的诗赢得了首奖。

她的故事在南美洲家喻户晓，在各国广为流传，几乎已成为一则传奇。现在她终于越过安第斯山的峰顶，横跨无垠的大西洋来到我们面前，我们不妨将她的故事复述一次。

数十年前，在艾耳奇（Elqui）河谷的一个小村落里，一位未来的教师露西亚·高多宜·阿卡雅佳（Lucila Godoy Alcayaga）诞生了。高多宜和阿卡雅佳分别为她父亲和母亲的姓氏，两人皆为巴斯克（Basque，庇里牛斯山区西部的一个种族）血统。她的父亲曾做过教员，可随手即兴作诗。他的天赋似乎也掺揉了诗人共有的焦虑和不安。他曾亲手为女儿建了一座小花园，但是最后还是离家出走了，当时他的女儿还只是个小孩。她美丽的母亲（十分长寿）发现她那孤单的小女儿常跟小鸟和花朵亲密地交谈。根据另一种说法，她被学校开除了。很显然地，校方认为她太愚蠢，不值得浪费时间去教导她。但是她以自己的方式自学，最后成为康德拉（Cantera）乡村学校的教师。

1906年，她在该地和一个铁路工人发生了恋情。三年后，这件事情改变了她一生的命运。

我们对他们的故事所知不多，只知道他背弃了她。1909年11月的某一天，他举枪射击头部自杀。这位年轻的女子陷入无尽的绝望。像《圣经》中的约伯一样，她大声叫喊，抗议上天竟然容忍此事发生。在那被遗忘的贫瘠、焦枯的智利山谷间，有一个声音扬起，传送到远方人们的耳里。一则日常生活中的平凡悲剧丧失其私密属性，进入了世界文学。露西亚·高多宜·阿卡雅佳成为嘉贝拉·密丝特拉儿。这位小小的乡下教员，拉格洛芙（Selma Lagerlof of Maarback）的年轻同行，将成为整个拉丁美洲的精神皇后。

这一系列纪念死去的爱人的诗作使这位新诗人的名字变得响亮，密丝特拉儿激情而清醒的诗远播到整个拉丁美洲。但是直到1922年，她的诗集《绝望》（*Desolación*）才在纽约出版。在诗集的中间——第十五首诗里——诗人迸发出母亲的眼泪，那是她为死者的儿子——未曾诞生的儿子——所洒落的泪水。

密丝特拉儿把她自然纯真的爱转移到她所教导的孩童身上。她为他们写了许多简短的歌曲和轮唱曲，1924年在马德里结集成《温柔》（*Ternura*）一书。四千名墨西哥孩童曾齐声同唱这些轮唱曲，向她致敬。密丝特拉儿被公认为具有母性的诗人。

1938年，为了替西班牙内战之受害婴儿募款，她的第三本诗集《滥伐》（*Tala*）（标题*Tala*亦为一种孩童游戏的名称）在布宜诺斯艾利斯出版。和《绝望》一书中的哀恸相比，《滥伐》表达出了笼罩南美洲大地的宇宙性宁静——其芳香不远千里地传送到我们身边。我们再次进入她童年的花园；我们再度听到了自然与寻常事物的亲密对话。那是一种圣歌和当地童谣的奇妙混合体。那些有关面包和酒、盐、五谷，以及水——能供养口渴者的水——的诗作，赞颂人类赖以为生的最根本食粮！

从她母性的手里，这位诗人赐给我们具有泥土味道并可满足心灵饥渴的饮料——它源自为希腊岛上的莎茀（Sappho）和艾耳奇山谷中的密丝特拉儿涌动的清泉，永不枯竭的诗的清泉。

嘉贝拉·密丝特拉儿女士——你长途跋涉到此，我们却仅以如此简短的演说欢迎你。在短短的几分钟里，我已向拉格洛芙的同胞叙说了你自小学老师的座椅跃登诗坛宝座的杰出历程。

为了向丰硕的拉丁美洲文学表达敬意，今天我们特地致辞迎接它的皇后，《绝望》的诗人，忧伤和母性的伟大歌者。

现在，请你自瑞典国王的手中接受瑞典学院颁赠给你的诺贝尔文学奖。

注：拉格洛芙（Selma Lagerlof of Maarback, 1858—1940），瑞典作家，1909 年诺贝尔文学奖得主。她是瑞典第一位获此奖的作家，也是首位获此殊荣的女性。

致答辞

密丝特拉儿

今天，瑞典把注意力转向一个遥远的拉丁美洲国家，颁奖给该国众多文化阐述者之一。诺贝尔先生一定会感到高兴，因为把美洲大陆的南半球纳入考虑，扩展了其文化保护之范围，这点正符合他世界一家的精神。身为智利民主国的女儿，呈现在眼前的瑞典民主传统的典型让我深受感动。这个传统的特色是持续不断地在对社会最有价值的创造架构中寻求创新。它一方面将传统自僵死的树丛中解放出来，一方面完整地保留旧美德的核心，接受现在又期许未来，乃瑞典精神之所在。这些成就对欧洲是一项荣耀，对美洲大陆则是深具启迪性的典范。

我以新兴民族女儿的身份向瑞典的精神拓荒者致敬，因为我受益良多。我忆起贵国的科学人才，他们丰富了国家的外在与内在；我想起诸多的教授和老师，他们向外国人展现了无可置疑的模范学校；同时，我对瑞典的其他成员——农人、技匠和工人——也寄予信赖的爱。

此刻，我是我同胞诗人的直接代言人，以及西班牙和葡萄牙语人民的间接代言人，我受宠若惊，且当之有愧。他们将很高兴能参与此一有着数百年民谣和诗歌传统的北欧生活的盛会。

愿上帝庇佑这个模范的国度，保佑它的传统以及它的创新，它为保存无法估量的珍贵过去，以及它以海国民族克服挑战的自信跨越现在所做的种种努力。

我的祖国——今日由学识渊博的加雅多部长代表出席——敬爱瑞典，派我到此接受你们所颁赠的殊荣。智利会将你们的慷慨珍藏在她最纯洁的记忆中。

绝　望

小　歌

他与另一个女人散步；
我看到他经过。
风轻柔依旧，
路上一片宁静。
而我可怜的双眼
看到他走过！

在花朵绽放的大地
他和她谈情说爱。
山楂盛开，
歌声轻扬。
在花朵绽放的大地
他和她谈情说爱。

他在海边

亲吻那个女人；
橘花似的月光
自浪上滑过。
我的血液并没有为
浩瀚的大海涂油。

他将与另一个女人
奔向永恒。
天空将是美好的。
（上帝沉默不语。）
而他将与另一个女人
奔向永恒！

死亡的十四行诗

1

他们把你放在冰冷的壁龛，
我要将你挪到卑微明亮的大地。
他们不知道我也要在那里睡眠，
与你共枕，一同进入梦乡。

我将让你躺在明亮的大地，
以母亲守护酣睡婴儿般的蜜意。
大地是软绵绵的摇篮，
定会接纳你孩童般脆弱的身躯。

随后我会遍洒泥土和玫瑰之粉，
在淡蓝、稀薄的月之尘埃里
将你轻盈的遗骸囚禁。

我会讴歌美丽的复仇转身离去，
因为再没有其他的手会伸入这
隐蔽的深处和我争夺你这撮尸骨！

2

这长久的疲惫有一天会再加剧，
灵魂会告诉身体它不想继续
拖着这重物行走在玫瑰色路上，
那儿人们来来往往，生意盎然。

你会发觉你身旁有人奋力挖掘：
有另一个睡梦者来到这静默之乡。
我将等候他们把我完全掩埋……
然后我们便可聊到地老天荒！

那时你才会了解为何你的肉体
尚未到化为幽穴枯骨的阶段，
却要下来此处长眠，元气犹足。

在命运所控的黑暗之域仍有光闪现，
你将明白我们的盟约写在星群之中，
违背此重大誓约，你必须一死……

3

邪恶之手扼住了你的生命，自你
依星象，离开雪白的百合花丛
彼日。花朵怡然绽放，
惨遭邪恶之手染指……

我对上帝说：“他们引他上死亡
之路，失去向导的心爱的灵魂！
主啊，将他从致命的魔掌救出，
不然就陷他于你赐予的漫长梦境！

“我无法呼喊他，无法追随他！
他的小船撞上一场黑色的风暴。
让他回我怀抱，或者在盛开时直摘他。”

他粉红的小船断了气……
我岂不知爱？我岂无情？
终将审判我的主啊，你明白！

歌

所有东西到我嘴里
都恒久带有眼泪的味道：
我每日的面包，我的诗，
甚至我的祈祷。

因为只能默默爱你，
我唯一能做的
便是你交付我的职务：
用力，用力地哭泣。

双眼满是
盈眶的热泪，
痛苦、抽搐的嘴巴
化一切为祷告。

如此怯懦地活着
让我深感羞耻，
既不前去找你，
又无法将你遗忘。

悔恨啃啮着我，
当我凝望已无法被你的
眼睛看见的天空，
当我抚摸被你的骨灰
滋养出的玫瑰。

悲惨的肉体，
羞愧的残躯，精疲力竭
却无法在你身旁安息，
只能颤抖地紧贴着
生命不洁的乳头。

祈　祷

主啊，你知道我以何等纯粹的狂热
时时为陌生人向你求助，
如今我来为我的人儿祈求，
他是我嘴里的蜂巢，止旱的清泉。

我骨骼的石灰，存在的甜美理由，
我耳际的鸟鸣，束腰的饰带。
我曾求你帮助与我无关的人，
如今我为他祈祷，请不要掉头不理。

我告诉你他是个好人；我说
他花一般的心在胸间歌唱，
天生温驯，坦率如白日之光，
仿佛春天一样绽放奇迹。

他不值得我为他祈求，你严厉地说，
他发烧的脸上不见任何祈祷的效应，
见不到你对他点头，有一天，他离开了，
像对待脆弱花瓶般粉碎自己的太阳穴。

但我告诉你，主啊，我曾抚慰
他温驯且受磨难的心——
如一朵百合紧贴于他的额头——
发现它柔软光洁，像初生的蓓蕾。

你说他残酷？你忘了我曾经爱过他。
他知道我受创的肉体愿为他粉碎。
如今他永远扰乱了我的欢笑之泉？
我爱过他！你知道，我深爱过他——所以不在意。

爱（如你所深知）是件苦差事——
眼皮可能被泪水沾湿，
吻可能在多刺的发中取暖，
而在其下，狂喜之眼戒备着。

那刺人的铁有一种可口的寒意，
当其凿开一捆捆谷物般、充满爱意的肉体。

而十字架（你回想起，啊，犹太人之王）
也可能像一束玫瑰般被轻轻背负。

所以主啊，我来此，埋头于尘土之中，
用一整个无尽的黄昏向你祈求，
用所有我必须承受的黄昏，
如果你依然无动于衷。

我将用祷词和哭声使你的耳朵疲惫，
像一只恐惧万分的狗般舔你的衣角——
你的眼睛不要再闪躲我，
你的脚不要再逃避我如雨的热泪。

最终请宽恕他吧！所有的风将因此吹拂，
带着一百瓶香水的浓郁芬芳，
所有的水将闪烁，所有的圆石将发光，
荒野也将开出花朵。

温柔的泪水将自野兽眼中流出，
而你用石块打造的山岳将了解
并自它们白色的雪之眼睑流下泪来：
整个地球将在你手中学会宽恕。

儿子的诗

1

儿子，儿子，儿子！我想要拥有一个你和我
的儿子——在那段激情幸福的日子里
我的骨骼因你最轻微的呢喃而颤抖，
我的额头闪耀着广阔的光芒。

我说的是一个儿子，像一株春天的树
扬起树枝渴切地望着天空，
一个儿子，有着基督般的大眼，
令人惊异的额头以及急切的小嘴！

他的手臂像花环一样围绕我颈间，
我丰沃的生命之河汩汩流向他，

我对他的肺腑之爱，像四散的香气，
随他的脚步布满所有的山丘。

当我们满怀着爱情穿过人群，
经过一位怀孕的母亲时，我们
嘴唇颤动，目光乞怜地注视着她。
一个美目的孩子让我们仿佛目盲！

在因幸福和梦想而无眠的夜晚，
炽热的情欲并没有降临我的床笫。
为了迎接裹着歌声诞生的他，
我伸展双臂，腾出我的乳杯。

照耀他的阳光似乎不够强烈。
瞧瞧自己，我恨我的膝盖过于粗糙；
我惶惑的心为如此美好的赐予狂跳，
谦卑的泪水流满我的脸颊。

我毫不畏惧死神，这卑鄙的破坏者，
因为孩子的眼睛可使你的眼睛脱离虚无，
而无论在明亮的早晨或朦胧夜色里，
我都将在他的目光下行走……

2

如今我已三十，死亡的早熟之灰
散布我的额头。痛苦，像两极
永恒的雨水，随慢而咸而
冷的泪水淋湿我的岁月。

松木冒出温柔的火光，我平静地
看着肚子，心想我生下的儿子
会是什么模样，一个有着我疲倦的嘴，
苦涩的心以及泄气的声音的幼儿。

有着和你一样毒果子般的心，
以及将再次背弃我的你的双唇，
他或许有四十个月不睡于我腹内，
弃我而去，只因为他是你的翻版。

而在什么样的花果园里，什么样的流水旁，
他会在春天洗净他血液中我的忧伤，
如果我愁苦地行过荒地或宜人之地，而
忧思在每个神秘黄昏在他血管里说个不停？

也许有一天他满是恨意的嘴里会说出
这样的恐惧，一如我曾对我父亲所说：

“你哭泣的肉体为什么这般肥沃?
我母亲的乳房为什么饱含琼浆?”

我感受到一种苦涩的喜悦，你安眠于
地底的泥床中，而我的手无婴
可摇，所以我也可安睡，无忧
无悔地，在黑莓丛底下。

因为我不会阖上眼睛，我会痴迷地
注意听冥界传来的声音，我将跪下，
以扭曲的嘴，以磨破的膝盖，
如果我看到他脸上带着我的热望走过。

而神的和平将永不会降临我身:
恶人们将透过那无辜的肉体伤害我，
而我的血管将不断绞出一滴一滴的血，
为眼、额入迷出神的我的儿子们。

祝福那失去血亲的我的乳房，
祝福我的后裔死于其内的我的子宫!
我母亲的脸孔不会继续在人世走动，
她的声音，转为垂怜经，不会再现风中!

化为灰烬的森林将一百次升起，
且倒在斧头下一百次，因为茁壮。
倒下的我不会在丰收的月份再起：
我与我的族人将一起进入永夜。

仿佛要偿付整个种族的债，
痛苦刺着我的胸脯，宛如蜂房。
每一个时辰于我如一世长，
我的血脉仿佛一条奔流向海的苦河。

我死去的可怜的人儿们看着太阳和西方，
殷殷期盼，因为在我体内他们都已失明。
我的双唇因他们那些狂热的祷词而疲劳，
要与我的歌声合一，直到我声嘶力竭。

我不为自己的谷仓而种植，我教育，
非求爱的手臂搀扶，在我临终时分，
当我残破的躯体无法再支撑我，
当我的手掂量那轻薄的裹尸布。

我教养别人的孩子，以圣谷
装满我的谷仓，一心仰赖祢——
我们在天上的父啊！请接纳这名
乞求者的头，如果我在今夜死去。

死者的骨头

死者的骨头
知道如何将轻薄的霜尘
遍洒所爱的人的唇上，
让他们从此不再被人亲吻。

死者的骨头
将它们的白
铲抛于生命的热焰上，
杀死所有的亮光。

死者的骨头
力量胜过血肉之躯，
即便断裂也能聚为锁链，
令我们卑屈顺从，束手就擒！

给孩子们

许多年以后，当我变成一小堆寂静的尘土时，请和我的心、我的骨头、我的泥土一同嬉戏。如果一个泥水匠将我拾起，他定会把我做成砖，我便永远被嵌在墙内，而我不喜欢安静的角落。如果他们把我嵌进监狱的墙内，一个男子的啜泣定会使我羞赧。或者如果我变成学校的围墙，我定会因为无法在晨间与你们一同歌唱而感到难过。

我宁愿是你们在乡村路上玩的泥土。将我捣碎，因为我早就属于你们。将我散播，正如我散播你们。用力踩踏我，因为我不曾给你们全部的真和完整的美。哦，我是说，在我上面歌唱奔跑，好让我能亲吻你们珍贵的足印。

当你们把我握在手里时，请朗诵一首美丽的诗歌，我将满心欢喜地在你们指间奔跑。因见到你们而扬升，我将在你们眼里找寻那些我教过的孩子们的卷发。

而当你们把我做成某种雕像时，请每次都将它打碎，一如过去每一次孩子们温柔、哀愁地打碎我。

孩子们的头发

轻柔的头发，包含了全世界之轻柔的头发，即便是穿着丝绸，我怎么能快乐起来，如果你不在我的膝间。它从我双手奔过的那些时刻是使每一天都甜美、滋养的唯一理由。

让它紧靠着我的脸颊；让它像花朵般在我膝间休憩；将它编结进我心里，好减轻我的忧愁；用它增强那将熄的光。

当我死去，我不求上帝给我天使的羽翼来抚慰我心灵的创伤；相反地，愿他将我喜爱的孩子们的头发撒向天空，让他们的头发永远在风中拂掠我的脸。

给母亲们的诗

一天下午，我走过泰穆科（Temuco）的一条贫民街道，看到一个相当普通的妇人坐在她茅屋的门口。她即将临盆，她的脸因痛苦而显得凝重。一个男人走来，骂了她一句令她脸红的脏话。在那一刻，我内心扬起了女性一体的感觉，一个女人对另一个女人无限的同情。我有了这种念头："我们当中必须有人（既然没有男人这样做）挺身宣述此种痛苦但天赋的境遇是何等神圣。如果艺术的任务是以广博的同情去美化一切，为什么我们不着眼于不纯净的事物，将之净化？"于是我以近乎宗教般的意义写下了这些诗作。

有些女人因为社会地位高而对残酷但无可避免的现实视若无睹，她们给这些诗恶评——我为她们感到悲哀。她们甚至于暗讽说这些诗应该从我的书中删除……不！它们要流传下去，献给那些能够了解生命之神圣始于母性的人；而母性，本身即是圣洁的。他们将体会到，这位关爱他人小孩的妇人是以何等深情的温柔去看待这世上所有孩子的母亲。

他吻了我

他吻了我，如今我变成另一个人；另一个回应我血管脉动的人，另一个和我的呼吸溶为一体的人。如今我的腹部和我的心同等高贵。

在我的呼吸里甚至可以嗅出花朵的芳香；这完全因为有个人儿在我体内轻轻躺卧，一如草上的露珠。

它将是什么模样?

它将是什么模样?我凝视玫瑰花瓣良久。我带着喜悦碰触它们;我希望他的脸颊如此柔软。我把玩纠缠的荆棘,因为我希望他的头发也同样地黝黑交缠。但如果是棕色的,带着陶匠们所喜爱的红土的丰富色泽,我也不会在意,不在意他的纤发平淡无华一如我的生命。

我注视着烟雾弥漫的山岭凹处,烟雾形塑出小女孩的轮廓,一个非常甜美的小女孩:愿我的小人儿就像她一样。但除了这些,我最希望它的眼神流露出他眼神中特有的甜美,并且愿它清爽的音色和他向我说话时一般,因为在即将降临的人儿身上,我要去爱那亲吻我的人。

智慧

如今我知道为什么我曾拥有二十个阳光普照的夏季，让我在田野里采撷花朵。为什么（我曾一度在最美好的日子里自问）我拥有这份暖阳与凉荫的绝妙礼物?

像蓝色的花团，我纳进光，为了将芬芳散发。在我体内深处他一滴一滴地自我血脉之酒形成。

为此我祈祷，以主之名接纳做成他的泥土。而当带着颤抖的心跳，我为他读一首诗时，其美妙如活生生的炭一般燃烧我，好使他从我自己身上点取永不熄灭的火。

甜　美

因为我手中抱着熟睡的小孩，我的脚步变得静悄。而我整个心是虔诚的，因为它负载着神秘。

我的声音轻柔如瘖哑的恋人，因为我唯恐吵醒了它。

我眼睛注视着路过的脸庞，我在他人内部搜寻我的苦痛，希望因为见到我，别人能了解为什么我的面颊苍白。

我触动鹌鹑藏身的草丛，它们微受惊吓。我安静、留意地走过乡间：我相信树木和万物都在熟睡的孩子们上方翱翔守护。

姊 妹

今天我看到一个女人在犁田耕种。她的臀部宽阔，像我的一样，包含着爱意。她忙于工作，俯身向大地。

我轻抚她的腰部，带她一起回家。她将用我的杯子喝浓稠的牛奶，在我的树荫下取暖，怀着丰实的爱的身孕。如果我的奶水不够充沛，我儿子将把他的嘴唇凑向她那丰盈的乳房。

祈　祷

哦，不！上帝怎能让我乳房的蓓蕾枯干，在祂使我腰围膨胀之时？我感觉我的乳房像宽池内的水高涨，无声无息地。它们硕大的海绵质在我的腹部投下一道允诺的阴影。

整个山谷里还有谁比我更穷困，如果我的乳房不曾变得润湿？

一如妇人们放在门外接取夜露的水瓶，我把我的乳房呈放在上帝之前。我替祂取了新的名字，我叫祂“灌注者”，我向祂祈求丰富的生命汁液。饥渴地期待着，我的儿子即将来到。

敏 感

我再也不到草地上嬉戏，如今我害怕和女孩子们一同荡秋千。我像一根结满果实的树枝。

我变得娇弱，晌午时分当我走进花园，竟连玫瑰的香气也令我晕眩。当下午喘出最后一口气，风儿亲切的歌唱或天空里的一抹血色都叫我难过哀伤。只要看看我主子的眼光——啊，今晚如果他的眼光冷峻，我就会死去。

永恒的哀伤

如果他在我内部受苦，我就变得苍白；哀伤袭上心头，因他潜藏的压力，并且只要这个看不见的小子轻轻一动，我就会死去。

但不要以为只有在我怀着他时，他才在我的内部交缠。将来当他在公路上自由自在地游荡，即令他离得我很远很远，吹打他的风同样将撕裂我的肉，他的哭声亦将在我的喉际响起。我的哀伤，我的微笑皆始于你的脸庞，我的儿啊。

为了他

为了他，为了如今已被哄睡如草堆里的水线的他，请不要伤害我，请不要叫我工作。原谅我的一切：我对桌子摆法的烦躁以及我对声音的厌恶。

你可以在我安妥地抱他离开以后告诉我家里的问题，种种烦忧，种种事务。

在我的额上，在我的胸间，不论你触摸哪个部位，他都存在；如果你伤害到我，他就会呻吟。

宁　静

现在我不能到街上去了：我隆起的腹部以及眼下的黑圈令我脸红。但是把满满的一盆花端来这里，就放在我的身边，并且缓缓地拨动轻柔的琴弦：为了他，我要让美丽涨满全身。

我把玫瑰放在身上，对着熟睡的他朗诵永恒的诗歌。在凉亭里一小时复一小时地采集阳光的酸。我要如果实般自我的体内蒸馏出蜂蜜。我感觉松林的风拂面而过。

让光和风润饰并洗净我的血液，将之濯清，我将不再怨恨，不再饶舌——只有爱！

因为在这静寂中，在这宁静中，我正编织着一个身体，一个具有血脉、脸、眼，以及纯净的心的神奇身体。

白色的小衣裳

我编织小双的毛袜，剪裁柔软的尿布：我要亲手准备每一样东西。他将从我自己的体内出生，他将成为我自身芬芳的一部分。

柔软的绵羊毛：今年夏天他们将为他剪取的。八个月来羊毛已长成海绵样，而一月的月光将之漂白。如今里面再也没有蓟或芒刺或荆棘的小针。他所安睡的我肉身的羊毛也是同样的柔软。

如此娇小的白衣裳！他透过我的眼注视它们，他笑了，猜想着那将是多么、多么的柔软……

大地的形象

以前我从未看过大地真正的形象。大地像一个双臂抱着孩子的女人（在她宽广的臂弯里是她的创造物）。

如今我懂得了万物的母性情感。向我俯视的大山也是一个母亲，午后的云雾像小孩一般在她的肩膀及膝盖四周玩耍。

如今我记起了山谷的裂罅。在它深邃的河床小溪唱着歌行去，隐藏在交缠的峭壁和荆棘之中。我就像那道裂罅，感觉这小溪在我内心深处歌唱，而我早已用我的肤肉为他布置峭壁和荆棘的蔽护，直到它向光处升起。

致我的丈夫

丈夫，不要拥抱我。你使它像莲花一样自我内心深处升起。请让我像止水一般。

爱我吧，现在多爱我一些！我，如此娇小，将在所有大路上复制另一个你。我，如此贫困，将献给你其他的眼，其他的唇，透过它们，你可享受这世界；我，如此脆弱，为了爱将把自己分裂为二，像一只破裂的水瓶，好让生命之酒涌出。

原谅我！我走起路来如此笨拙，如此笨拙地为你端杯子；但你是如此地灌注我，让我在行动时有这一种奇异的感觉。

比从前更温和地待我吧。不要粗鲁地激动我的血液；不要扰乱我的呼吸。

如今我只是一张薄纱；我整个身体是张薄纱——有个小孩在其下熟睡。

母 亲

我的母亲来看我；她就坐在我的身边，在我们生命中这还是头一次，我们像两姊妹似的谈论着即将来临的大事。

她试探我腹部的颤动，温和地撒开我的胸脯。在她双手的抚摸之下，我体内的一切似乎像叶子一般轻柔地半开。而上方乳房里似有奶水喷涌而出。

羞赧，充满困惑地，我和她谈起我体内的忧虑和恐惧。依在她的胸间，我再度成为一名面对生命疑惧在她臂弯里啜泣的小女孩。

告诉我，母亲

母亲，告诉我你从自己阵痛中学得的经验。告诉我他如何出生，如何在我体内交缠成一个小身体。

告诉我他是否会搜寻我的乳房，或者我该将它送到他嘴边，哄他吸吮。

请告诉我爱的学问，母亲。教我新的爱抚，轻柔的，比丈夫的爱抚还要轻柔。

在未来的日子里，我将如何清洗他的小头？我要怎样将他裹起才不致弄伤他？

教我那首，母亲啊，你摇我入睡时哼的摇篮曲。它将比什么歌都更能哄他入眠。

黎　明

整个晚上我痛苦着，整个晚上我的身体为了分娩而颤抖。我的太阳穴要命地出着汗；但那不是死亡，那是生命！

而现在我称你为“法力无边的人儿”，啊上帝，请你温柔地解除我的苦痛。

让它诞生！让我阵痛的呼喊在黎明升起，编结成鸟群的歌唱！

圣 律

他们说生命已从我的身体飞出，说我的血脉迸涌如榨酒机，但我感觉到的只是一声长叹以后胸间的轻松。

“我是谁呢？”我问自己，“膝上多了一个儿子？”我自问且自答。“是一个爱别人，并且希望他的爱（当他吻我时）不朽的女人啊！”

让大地留心我以及我怀中的儿子，并且祝福我，因为如今我已肥沃如棕榈树以及田间的犁沟。

II. 给最悲伤的母亲

被抛出门外

父亲说他将把我抛弃，他向母亲大吼说他今天晚上就要把我抛出门外。夜是温驯的；借着星光，我或许可以找到通往最近村庄的道路；但是万一他就在这时刻出世？我的啜泣惊动了他；或许他现在就想出来看覆满眼泪的我的脸。但那样他会在赤裸的空气中颤抖，纵然我将他裹起。

你为何到来？

你为何到来？没有人会爱你，虽然你是美丽的，我的儿。虽然你像别的孩子一样笑得那么可爱，像我最幼小的弟弟，但是除了我，没有人会亲吻你，我的儿。

虽然你挥动小手找寻玩具，但是你的玩具将只是我的乳房以及我眼泪串成的珠子，我的儿。

你为何到来？既然创造你的人怨恨你，当他感知你在我肚里。

啊，不！你是为我而到来；为了孤单的我，孤单，直到被他拥入怀里，啊我的儿。

温　柔

摇篮曲

海洋轻摇
它数百万颗圣洁的星星入睡。
聆听着深情的海涛声，
我轻摇我的小宝贝入睡。

夜晚漂泊的风
轻摇麦子入睡。
聆听着深情的风声，
我轻摇我的小可爱入睡。

天父无声地轻摇
祂数千个世界入睡。
在黑暗中感受到祂的手，
我轻摇我的小宝贝入睡。

发 现

我在往乡间的路上
找到了这个小孩：
我发现他熟睡
在谷物的嫩枝间……

或许那是在葡萄园
采割的时候：
在枝桠中搜寻，
我触到了他的脸颊……

因为如此，我唯恐
我入睡时，
他会像霜一样溶解于
葡萄藤上……

露　珠

这是一朵玫瑰，
托着晶莹露珠：
这是我的胸脯，
贴着我儿的肌肤。

她聚拢片片绿叶
好将它稳稳护着，
要风也绕道而行，
免得将它吹落。

因为它来自
无垠的天际 ，
她必须要小心
屏住她的呼吸。

幸福的宁静，
没有一点声响：
玫瑰中的玫瑰
无比神奇。

这是一朵玫瑰，
托着晶莹露珠：
这是我的胸脯，
贴着我儿的肌肤。

小羔羊

温柔安静的
我的小羔羊啊，
你柔软光滑的住穴
就在我的胸间。

洁白的小肉
宛如一块皎月，
我愿意忘却一切
来做你的摇篮。

忘却世上的一切，
只想着让我的
乳房满又胀，
好成为你的食粮。

我只知道你
唯我是依。
因你的节庆，我的儿啊，
其他节庆终止了。

着　迷

这小孩像纤柔的风
那般令人着迷：
他在我睡着时吸我的奶，
他啜饮着呢，我却不知道。

他比溪河顽皮，
他比小丘柔滑。
我儿比他偷窥一眼的
这世界还美好。

多富有啊，这小孩，
胜过大地与天空：
在我胸间有他的貂皮，
而天鹅绒在我的歌里……

他的身体如此小
仿佛一颗我的麦粒；
比梦的重量还轻，
与我同在，却不觉。

温 柔

当我向你歌唱，
世上的恶事终止；
在你的太阳穴上一切
甜美：峭壁，荆棘。

当我向你歌唱，
邪恶自一切事物消失：
温柔如你的眼皮——
狮子与豺狼！

我不孤独

夜无依无靠，
从山丘到海洋。
但我，轻摇你入睡，
我不孤独！

天空无依无靠，
一旦月落大海。
但我，紧靠着你，
我不孤独！

世界无依无靠，
肉身多愁苦。
但我，拥你入怀，
我不孤独！

紧靠我

我骨肉的小羊毛
在我子宫深处编织，
小羊毛如此畏寒，
快紧靠我安睡！

鹧鸪在苜蓿间睡觉
听着它的心在跳动：
我的呼吸不会打扰你，
快紧靠我安睡！

颤抖的小草叶
对生命大感惊奇，
不要从我的胸前松手：
快紧靠我安睡！

已失落一切的我
如今连睡梦中也会战栗。
不要从我的臂间溜走：
快紧靠我安睡！

夜

因为你睡了，我的小人儿，
落日不再燃烧：
最亮的现在是露珠，
最白的是我的脸庞。

因为你睡了，我的小人儿，
路上静谧无声：
除了河流无一物叹息，
除了我无一物存在。

平原弥漫雾气，
天空蓝色的叹息缩回。
寂静像一只手
轻放在世界上。

我不仅用歌声轻摇
我的小宝贝入睡，
整个世界也随着摇篮的
晃动，进入梦乡。

你拥有我

睡吧，我的小宝贝，
带着微笑睡吧，
夜巡的星子们
正摇你入眠。

浸浴于光中，
快快乐乐。
拥有了我，
你就拥有一切幸福。

睡吧，我的小宝贝，
带着微笑睡吧，
深情的大地
正摇你入眠。

看那明艳的蔷薇
真是鲜红无比。
伸手抱住世界
一如你抱住我。

睡吧，我的小宝贝，
带着微笑睡吧，
上帝在暗中
轻摇你入眠。

悲伤的母亲

睡吧，睡吧，我的主人，
没有忧虑，没有恐惧，
即使我的灵魂仍未眠，
即使我无法歇息。

睡吧，睡吧，在夜里
愿你是低低的细语，
比一片草叶或羊毛
更轻，更柔。

让我的肉体，我的忧虑，
我的恐惧随你入睡。
让我的眼睛随你轻阖，
让我的心随你入眠！

苦涩之歌

小人儿，让我们假扮
国王与皇后。

这片绿色的田野都是你的。
除了你，还会属于谁？
一波波苜蓿之浪
为了你而摇晃。

这整座河谷都是你的。
除了你，还会属于谁？
为了让我们享用，
果园变身成为蜜。

（不，你不可能颤抖
如伯利恒的婴孩，
你母亲的乳房
也不可能因邪恶而干瘪！）

绵羊正把那些我要织的
羊毛变得更厚实。
它们都是你的。
除了你，还会属于谁？

自饱满乳房流淌出的
牛栏里的牛奶，
以及成捆的庄稼——
除了你，还会属于谁？

（不，你不可能颤抖
如伯利恒的婴孩，
你母亲的乳房

也不可能因邪恶而干瘪！）

是的，小人儿，让我们假扮

国王与皇后。

我的歌

好心地，把那支
我唱给可怜的孩子们
听过的歌
唱给我听吧。

把那支我低哼给苦难的
孩子们听过的歌
唱给我听吧，
因为我自己也受了创伤。

残酷的光刺着我的眼睛，
任何声音都叫我难过。
把那支我摇他入睡的歌
唱给我听吧。

当我编织轻柔如
貂皮的它们时，
我不知道我可怜的灵魂
自身也是一名孩童。

好心地，把那支
我唱给可怜的孩子们
听过的歌
唱给我听吧。

恐　惧

我不愿意他们把
我的孩子变作燕子；
她可能朝天空飞去，
再也不飞到我的门垫来；
或者她将在别家屋檐做巢，
害我的手不能为她梳发。
我不想他们把
我的孩子变作燕子。

我不愿意他们把
我的孩子变作公主。
穿着金制的拖鞋，她怎么
在田野里嬉戏？
并且当夜晚来时，她再也不会
躺在我的身边。

我更不愿意
有一天他们封她为后，
拥她登上我的脚
无法攀抵的宝座，
而我不能轻摇她入睡，
当夜晚来时。
我不愿意他们把
我的孩子变作皇后。

断了手指的女孩

一只蚝拿走了我的手指，
它跌进沙里，
而沙又被海水吞走。
而从海里蚝被捕鲸船钓了上来，
而捕鲸船开到了直布罗陀，
而在直布罗陀渔人们唱着：
“一个小女孩宝贝的手指。
那掉了手指的女孩，赶快来拿回去啊。”

给我一条船去拿回我的手指，
并且给我的船一个船长，
给我的船长一份薪水。
啊！对于薪水，他要求一座城市：
有着高塔、方场跟船只的马赛——
整个世界最美好的城市。

那不是很美妙吗，如果再加上一个
手指被海劫去的小女孩，
捕鲸人为她又唱又喊，
在直布罗陀等她盼她。

滥伐

午　夜

真好，这午夜
我听到玫瑰树的结：
汁液激情地涌向玫瑰。

我听到
尊傲的老虎焦灼的
斑纹：要请他一夜不能入眠。

我听到
有个人的诗
沙丘一般在夜里
隆起。

我听到
枕着两种呼吸睡着的

我的母亲。
（在她里面，我已经
睡了五年。）

我听到隆河
奔泻而下，盲目一如它的泡沫
父亲一般将我带走。

然后我什么也没听到。
只是不停地往下坠
向亚耳的城墙，
充满阳光……

注：亚耳（Arles），法国东南部城市，隆河所流经之地。

两天使

我不只有一个
翅膀颤动的天使，
有两天使像两岸摇动
大海般摇动着我：
一个给你喜悦，
另一个给你痛苦。
一个拍动着翅膀，
另一个翅膀静止。

黎明时我知道
何者将支配我的一天，
有着火焰色彩的这位，
或者灰烬般颜色的那位。
我把自己交给他们，
如海草向波浪悔罪。

只一度他们曾并翅
同时飞起：
在爱之日
与主显节。

他们让敌对的
翅膀合而为一
并且将生与死
系成一个结。

大气之花

我命中注定与她相遇，
她站在草地中央，
每一个从她身边走过或和她
说话的人，都臣服于她。

她对我说："上山去——
我从不离开草地——
替我采集雪白的花朵，
坚韧又温柔。"

我登上苦涩的山
找寻花朵——它们泛白
在峭壁间
半睡半醒着。

当我带着收获下山，
我在草地中央找到她，
我疯狂地将洁白的百合
倾泻在她的身上。

但是她不看这片白色一眼，
对我说："这次只替我带回
红色的花朵。
我不能越离这片草地。"

我和鹿群一起攀登岩块
并且觅寻疯狂之花，
那些开得如此红艳的花
它们因红而生而死。

当我下得山来，因喜悦而舞颤，
我把它们当作贡品献出。
她变得如同水一样，
任受伤的鹿将之染成血红。

但，梦游者般，她注视着我，
说："再上山去，替我带回

金黄的花，啊，金黄的花。
我从不离开草地。”

我直接爬上山去
寻找最浓艳珍贵的花朵，
那些有着太阳和番红花颜色的花朵，
方初生，却已然永恒。

当一如往常在草地中央
找到她时，
我再一次用花覆盖她，
让她仿如置身花园。

然而金色依旧让她发狂，
对我说：“我的女奴，上山
去采摘无色的花朵——
不是藏红色，也不是橙黄色。”

“是那些在忆起李奥诺拉
与丽姬亚时我深爱的颜色：
睡眠的颜色以及梦的颜色。
我是草地之母。”

我爬上山去
它如今暗如美狄亚，
像一个若虚若实的岩穴
没有一丝光芒。

树枝上没有花生长，
峭壁间没有花开放，
我自柔和的大气采撷花朵，
用剪刀将它们轻轻剪下。

我像个目盲的采集者
弯身捡拾它们，
在空气中四处剪取
把大气当做花园一般。

当我从山中走下
前去寻找我的皇后，
她正四处闲逛，
不再怯弱或暴躁。

像一名梦游者
她自草地动身，

而我跟随，跟随，跟随着，
穿过牧场，穿过杨树丛。

她满荷着花朵，
脊背和手却如空气般轻飘，
她不断自空中采撷，
而风成为她的收获。

她继续采着而脸已不见，
她继续采着，没有留下足迹。
带着无颜色的花朵，
不是白，也不是红。

我依然跟随，跟随在后，
穿过雾气的枝叶
直到她引我走到时间
溶解的边缘……

注：美狄亚（Medea），希腊神话中帮助杰森（Jason）取得羊毛的女巫。

失落的国度

失落的国度，
奇异的国度，
比天使和
模糊的口令还要轻，
死海藻的颜色，
云雾的颜色，
永恒一如时间，
没有黄金年代。

石榴不发，
茉莉不开，
它没有天空，
没有靛蓝的海洋。
它的名字是我从未
听人说起的名字，

而在无名的国度
我将死去。

没有桥或船
把我带到此处。
没有人告诉我
那是岛或岸。
我未曾搜寻，
也未曾发现。

如今它像一则
我熟知的寓言
梦想停留
又梦想飞离。
但那是我生长
与死亡的国度。

我出生自没有国度
之万物：
生自一度拥有又失落了的
陆上之陆；
生自我亲见其死去的
孩童；

一度我说“是我的”的事物
已不再属于我。

我失落了我一度
睡过的山脉；
我失落了满溢着生命芳香的
金黄果园；
我失落了藤与
靛的岛屿，
我眼看着它们的阴影
向我围拢，
群众和恋人
聚成为国度。

没有颈项和背脊的
云雾的鬃毛，
我看着熟睡的
风起飞
穿过脱轨的年岁
变成一个国度，
而在无名的国度
我将死去。

异乡人

——给弗朗西斯·缪曼德雷

她带着远方的口音对我述说海的残暴，
那有着不知名的海草与沙滩的她的海；
她用没有形体，没有重量的东西向神祈祷，
苍老得好像即将死去。
我们的果园因着她奇异的经营
长出了仙人掌和锯齿状的草。
沙漠的空气滋养她长大，
是什么样的热情让她爱得发白
她不曾说出——啊，就是说了
也将像别颗星球地图一样地令我们困惑。
她会在我们这儿住上八十年
始终叫人感觉她刚刚才来到，
说着粗声暴气，只有昆虫们才
听得懂的奇怪的话语。

并且，她会在我们这儿死去，
在一个能让她多痛苦一些的夜晚
枕着她仅有的命运的枕头，
安静，异乡的死去。

注：弗朗西斯·缪曼德雷（Francis de Miomandre, 1880—1959），法国小说家，密丝特拉儿诗的法译者。

格物集

1

我喜爱那些我未曾拥有
或者不再拥有之物。

我碰触静止的水，
停伫于怕冷的草地——
没有一丝风颤动，
在这一度属于我的果园。

我像从前一样凝视着水，
忽然生出一奇想，
我悠缓地与水嬉戏，
仿佛与鱼或与神秘。

2

我想起一道门槛，我曾在那儿留下
许多如今不再跟随我的快乐脚步——
门槛上，我看到一个伤口，
被青苔与寂静所掩。

3

我寻找七岁时他们告诉我，
而今已丢失了的一首诗。
那是一个做面包的女人，
她圣徒般的嘴历历在目。

4

一股香气断续袭来：
幸也，能闻到它；
细得彷佛非香气，
而只是杏树味。

我的感官回到童真，

我思索其名而不可得：
我嗅着大气，嗅着大块，
寻找无迹可寻的杏树……

5

一条河一直在耳边响。
我已经听了它四十年，
那是我的血液在低唱，
或说它们赐我的节奏。

哦，童年的艾耳奇河，
我曾经溯流，涉渡。
它永与我同在：胸贴胸，
像两个抱在一起的婴儿。

6

安第斯山脉入我梦：
我行过峡谷，
听到一种，近乎誓言般
不断响起的嘶嘶声。

7

我在太平洋边看到
我青紫色的群岛，
其中一座岛留给了我
死去的翠鸟刺鼻的气味……

8

一个背，一个严厉又温柔的背，
收束了正我做着的梦。
那是我路途的终点，
一旦抵达，便得歇息。

是一株枯死的树干或者我父亲，
这模糊、灰色的背。
我不问，也不烦它。
我躺在它旁边，静静入睡。

9

我喜欢一颗我从欧色佳或
危地马拉带回身边的石头，

红红的，坚定的，一如我的脸，
有一股气息从它的裂缝中传出。

我睡觉时，它一丝不挂；
我不知道为何将它翻转过来。
也许我从未拥有过它，
我见到的是自己的坟墓……

离　去

我的身体一滴一滴地离你而去，
我的脸孔在临终圣油的寂静中离去，
我的手在迸散的水银中离去，
我的脚随两行灰尘离去。

全都离你而去，全都离我们而去！

我的声音离去——它以你为铃，
除了我们之外对一切保持缄默。
我的表情离去，在你眼前
它们曾经穿梭卷绕，姿态万千。
固着在你身上的目光在我注视
你、杜松与榆树的时候离去了。

我带着你自己的呼吸离开你，

如同蒸气自你的身体消失。
我在无眠与睡眠中离开你，
并且自你的回想消逝。
在你的记忆里，消逝如那些
既非生于平原亦非生于树丛的东西。

我将成为血，而你将在你劳动的
手掌以及嘴中的酒里找到我。
我将变成你的内脏，燃烧于
我再也听不到的你的脚步声里，
燃烧于寂寞的海洋般彻夜
疯狂敲击的你的痛苦中。

全都离我们而去，全都离我们而去！

墙

简单又独特的墙，
无重量又无颜色的墙：
大气中的一丝空气。

鸟群斜飞而过，
光摇曳而过，
冬的刀刃穿越而过，
一如夏的叹息，
暴风吹落的树叶以及
合而为一的阴影。

然而呼吸无法穿越，
手臂无法触及伸出的手臂，
而胸与胸永远无法相碰。

年老的狮子

你的头发
如今，也白了；
恐惧，粗哑的声音，
嘴巴，阿门。

你追寻得太迟，
发现得太迟：
无光泽的眼睛，
失聪的太阳穴。

你历尽沧桑
才体会出
静谧的壁炉，
腐臭的蜂蜜。

付出了许多爱与哀伤
才领悟到
我的狮子头发灰白，
两脚如此衰老！

歌

一个女人在山谷间歌唱。阴影笼罩，隐去了她的踪迹，但是她的歌声传遍田野。

她的心碎了，像今天下午她抛落溪中小石间的水瓶。当她歌唱时，潜藏的伤口在她歌声的纹理上磨利，变得又薄又硬。她抑扬的声音沾着血渍。

在田野里，其他的声音随着一天的逝去而消失，最后一只笨伯鸟的歌声也在不久前歇止。但是她永恒的心，充满着悲伤，将所有寂静的声音纳入她的声音——尖锐，然而却非常甜美。

她为黄昏时分静静地注视着她的丈夫歌唱吗？还是用歌声抚慰小孩？或者她是为自己的心——比夜里的婴孩更无助的心——歌唱？

夜晚在这首前往迎接它的歌面前变得母性十足；星星，带着人性的甜美，开始出现了；满布星斗的天空也变得通达人性，了解这世界的悲伤。

她的歌，纯净如注满光亮的水，洗净了平原并且濯除了满溢着人类仇恨的白日的恶意。自这个不断唱着歌的女人喉间，白日高贵地幽化为气息，升向群星。

榨酒器

另一个女人

我杀了我体内的一个女人：
我不爱她了。

她是在山上仙人掌丛中
燃烧的花朵；
她是干燥与火的化身；
任何东西都无法冷却她。

她把石头和天空
放在脚底和四周；
她从不屈膝
寻找水源。

在她躺下歇息之处，
青草枯萎，

因为她嘴巴吐出的热气，
以及脸孔留下的烤痕。

她的话语硬化的速度
和沥青一样快，
所以无法释出
一丝丝温柔的魅力。

她不知低头为何物，
这山中植物，
而在她身旁的我，
却低头又弯腰。

我任由她死去，
从她那儿抢走我的心。
她生命终结
像一只饿死的鹰。

她的翅膀不再拍动，
她俯身，筋疲力尽，
熄灭的火花
坠入我手中。

她的姊妹依然
为她哀痛，指责我，
燃烧的生石灰
在我经过时一把抓住我。

我告诉她们：
“到河床上寻找，
用那里的泥土
打造另一只火鹰。

如果做不到，
唉，就忘了她吧！
我杀了她。你们，
你们也杀了她！”

一女子

她还待在屋子原先所在之处，
仿佛它尚未被焚毁。
她只说她灵魂之语，
对路过的人们，无言以对。

当她说“阿勒坡松”，
她指的不是树，而是小孩。
在她口中，“池水”
与“金镜”是同义词。

夜色降临时，她计数
她被烧毁的屋板，
或者抬起头
凝视她耸立的阿勒坡松。
（她在白天等候夜晚，

在夜晚等候奇迹。）

她在每一棵树里举起
被埋入土里的那人，
在她胸口的火炉里
温暖他，呵护他，搂紧他。

脚　印

关于那个逃逸的男人，
我拥有的仅是脚印，
他躯体的重量，
以及吹拂他的风。
没有标记，没有名字，
没有国家或乡镇，
只有他脚印留下的
潮湿外壳，
只有这个被沙
和土吸纳的
音节——维若妮卡
低声对我说出！

只有加速他逃逸的
巨大痛苦：

捶击的脉搏，
喘息的呼吸，
晶亮的汗水，
紧咬的牙齿，
和打在他背上
又干又硬的风！

以及他跃过的荆棘，
走过的沼泽，
藏身的树丛，
暴露行踪的太阳，
帮助他的山丘，
背叛他的另一些，
绊倒他的树根，
和让他重新站起的上帝！

以及他的女儿，在他
背后大声叫喊的血：
脚印，主啊，
明亮的脚印，
没有嘴的呼号，
脚印，脚印！

神圣的沙啊，
请吃光他的痕迹。
迷雾之犬，
请掩盖他的行踪。
低垂的夜色，
请一口吞掉
一个男人
美好而硕大的印记。

我看着，我数着
这两千个脚印。
我不断地奔跑，奔跑
过古老的大地，
将他可怜的足迹与
我的合而为一，
或者停下，用我的
乱发抹去它们，
或者俯卧于地舔净
这些脚印！

然而白色大地
变成永恒，

像锁链般

无限延伸，

开展成一条眼镜蛇，

神圣的上帝不会使其断裂。

而脚印继续蔓延

直至世界尽头！

黎　明

我打开心房，让宇宙能
像一道火瀑布般进入。
新的一天来了；它的到临
令我屏息。
我歌赞，空无的洞穴已满溢，
我歌赞我的破晓。

为了失而复得的恩典，
我谦卑以待，不施也不受，
直到夜从戈尔戈纳
战败，溃逃。

注：戈尔戈纳（Gorgona），是哥伦比亚位于太平洋中的一个岛屿，西班牙探险家、殖民者皮萨罗（Francisco Pizarro）及同伙于1527年抵达此岛，被原住民围困在此七个月，等候救援。

黄　昏

在此等甜意之中我感觉
我的心融化如蜡。
我血管里流动的
不是酒，而是缓缓滴落的油，
我觉得生命正悄悄溜走，
静默轻柔，像羚羊一般。

最后一棵树

——给奥斯卡·卡斯特罗

这孤独的边缘
自出生即属于我，
从我的侧边移向
我燃烧的一边。

从我的额头跑到
我粗硬长茧的双足：
这座我血液之岛，
这个微小的王国。

我将之完满地交还，
伸长双臂将之交给
我的最后一棵树，
罗望子树或雪松。

万一在来世，我
得不到我得到过的东西，
念念不忘这怡人的
清爽和寂静。

梦幻似的
飞奔过这世界，
我不要房屋的门阶，而要
一棵树，做我的庇护所。

我会留给它我拥有的
灰烬和天空，
我唠叨的一面，
和沉默的一面。

我选择的寂寞，
我得到的寂寞，
我为可敬又亲爱的上帝
之光缴纳的些微税款。

我与云和风所玩的
施与受的游戏，
以及我对秘密泉水
胆颤心惊的理解。

喔，我真挚的大天使
赐予的颤抖的支柱，
有着花束和香油，
在每一条路前方！

也许它已诞生，而我
无幸得见，
或者它是那棵我如
盲童般抱着的无名树。

有时一阵香气落在
我肩上，一阵微风，
而我看到树的腰带
环绕着我的腰身。

也许它的树叶
早已将我的梦裹住，
而死去的我在其下
歌唱，毫不知觉。

注：奥斯卡·卡斯特罗（Óscar Castro, 1910—1947），智利作家、诗人。

智利之诗

我的山

我在山上长大，
三十六座山峰环绕着我。
虽然听见自己离去的脚步声，
我似乎从未，从未
失去它们，无论在白昼
或是在繁星闪耀的夜晚，
虽然看到水塘里的自己
白发似雪，
我不曾离开它们，它们也
从未让我成为弃儿。

它们或许会称我
逃兵，叛徒，
我曾拥有它们，现在
依然如此，依然如此，
它们的眼神仍追随着我。

我的名字的歌

我的名字，我失去的名字，
你住哪里，在哪里发展？
乳名，一滴乳汁，
轻如一片桃金娘叶。

它很高兴摆脱掉我
以及我的成长期，
我不再与它一道走过
田野和草原。

它不懂我的忧伤，
我咸咸的泪水不曾烫伤它。
它看不到白发的我
或我下垂的嘴角，
果真认出我，也不会与我说话。

但有人告诉我，它在
深静的暮色中踟蹰而行，
穿过我山中的峡谷，
脱离我身，化入我魂。

附　录

密丝特拉儿生平与作品

霍格·爱德华斯

艾耳奇（Elqui）河谷位于智利北方，是安第斯山和太平洋间绵延的小河谷之一。那里气候温和，有几分像加州的气候，盛产热带水果，四周为蕴含丰饶矿产的不毛平原所环绕。

在一篇刊登于杂志上的文章里，嘉贝拉·密丝特拉儿（Gabriela Mistral）如此描述着这个地区的特有民风：喜爱冒险、嗜赌，无法长期守住固定的工作，因为企图藉探勘矿藏而立即致富的幻想一直逗引着他们。在描写北方智利人民时，密丝特拉儿的心里可能想着她的父亲，所不同的是——他不是矿工，而是一名专任教员。胡安·杰罗尼摩·高多宜（Juan Jeró nimo Godoy），在认识他的人的眼里，是一个乐天派的人，有几分像诗人，喜欢流浪的生活，并且热爱节庆。19 世纪末，高多宜娶寡妇朵娜·佩脱尼拉·阿卡雅佳（Doña Peronila Alcayaga）为妻；她有一个女儿也当老师。这一家人在1889年以前一直住在艾耳奇河谷的蒙特格兰德（Montegrande）村里。1889年，他们搬到附近的维库那（Vicuna）镇，当时朵娜得知自己已怀孕。

即使在今天，维库那这个镇——艾耳奇区的首府——居民尚不到两千名。在那里，1889年4月7日，朵娜生下露西亚·高多宜·阿卡雅佳（Lucila Godoy Alcayaga）——后来以“嘉贝拉·密丝特拉儿”的笔名驰名南美洲的文坛。当时他的父亲赋闲在家，写了一首庆贺新生婴儿出生同时哀叹其命运的诗作。三年后，杰罗尼摩·高多宜离开家里，不久便自这个地区消失。

在密丝特拉儿的作品里，由母亲和孩子所组成的家庭核心是她许多诗作的主题。父亲是一个遥远的形象，鲜被提及。有些诗作足以让我们对她母亲有所了解：

我的母亲身形瘦小，
像薄荷或青草；
她很少让事物蒙上
阴影，几乎没有，
大地因此喜爱她，

因为她的清朗，

也因为她总是微笑，

在顺境和悲伤之时。

虽然她母亲几乎一个字也不认识，但她是一位勇气十足又执着的妇人。当她的丈夫离她而去时，她毫无怨尤地挑起支撑家庭的重担。她的大女儿（一名教员）是她的帮手，同时对妹妹具有重大的影响。

嘉贝拉·密丝特拉儿的诗作清楚地刻画出她早年的岁月，这显然是她生命中唯一的愉快时光。她是最卓越的乡土诗人。她曾提到自己的诗作《音信》："这些'音信'中有我最典型的脚注：我是一名农人，我生为农人，死为农人。"在另一段解释她何以敢出版某些自己认为不完美的诗作的文字里，她写道："我将以在莓园不结果或果酱烧糊时农妇的微笑来面对嘲笑。"有些时候，童年的记忆使她心痛，以致她宁愿将那段岁月想象成虚幻不真。在一首悼念亡母的诗《老织工的夜曲》里，她说：

坐在松木餐桌前

享用白面包的

那些岁月已如此遥远，

我们最好否认其真实性，

说我们过去的生活

和现在没有什么两样，

我们出售一直被我们

晾在门口的白色记忆。

她人生中最初的痛苦经验发生在维库那，当时她还是个小孩，在市女学校女校长（一位盲眼女士）的照管之下。密丝特拉儿是她的帮手和向导，她的另一项职务是分发学校的配给品。当她分发时，其他的学生就强行夺取，而她并无法有力地防卫。因此，一整个月配给品往往提早耗尽，她遭到指责，她无法提出令人满意的解释，只能在全班面前接受女校长的苛责。有些学生甚至在放学后偷袭她，向她丢石头。

许多年之后，密丝特拉儿重访维库那，偶然间看到这位盲眼女士之墓，但她并未察觉那是何人之墓。当她获知埋葬在那里的是从前那位女校长时，有人问她是否还记得此人，她回答：“永远忘不了。”

因为本身的素质，加上家庭的影响，以及当时的特殊环境，没有其他的行业乐于接纳一名女子，因此密丝特拉儿少年时就开始在学校教书。15岁的时候，她就已经是一名乡村教员了。1905年到1907年间，她在省会撒冷纳（La Serena）附近之艾耳奇河谷的两个小村庄任教。

这个时候，她已经在当地报纸上发表诗作和文章。当时对她最具影响力的是哥伦比亚诗人华嘉斯·维垃（Vargas Vila）——这位激进反叛的浪漫派诗人的作品激励了那一代的年轻人。在那几年间，密丝特拉儿也经人推介开始阅读《圣经》。华嘉斯·维拉的影子后来自她的诗中隐去，但终其一生，《圣经》对她具有强烈的影响力。此种直接的《圣经》经验使密丝特拉儿脱离古西班牙的天主教形式（《圣经》的阅读在此一教派几乎禁绝），并且终生景仰犹太人。在《滥伐》（*Tala*, 1938）里，她写道：

> 我出生自以色列的干燥肾脏
> 所砍下的血肉……

1906年，她在撒冷纳遇见了年轻的铁路工人罗梅里欧·乌瑞塔（Romelio Ureta），于是展开了那段支配她整个年轻时代的戏剧性恋情。有人说密丝特拉儿一生只见过罗梅里欧数次，她在诗集《绝望》（*Desolación,* 1922）中所述说的爱情故事纯属想象。但我们似乎可以肯定地说事情绝非仅止于此。她曾经向一名智利作家如是描述这段故事：

> 我们真心相爱。在某个悲伤的日子，我们决裂。那时我脾气暴躁，我们在房间里大声吵骂，母亲将他遣走。随着时间的消逝，我的家人以为我已心平气和了。五年过去了，在这段日子里，我们互相回避。我们怨恨对方，却又几乎住在同一栋屋子。他住在这栋建筑物顶层的一个房间里，而我的房间就在他正下方。他知道我九点钟前往学校；他比我先一个钟头出门。他是个粗鄙的家伙——生就一副好头脑，却一脸丑相。在那五年当中，我们只见过一次面，彼此骑着车子。在回家的途中，他建议我俩再次一同回去，我拒绝了。
>
> 他在最后几年里，挥霍放荡，纵情女色；他把许多钱都花在这上面。他的未婚妻非常端庄，但她的家人挥霍无度，并且冷酷地利用他。因此，他入不敷出，被迫偷窃。

在彼此回避多年之后的某一天，我们在一条冷清的街上碰面了。他走上前来，我们开始交谈。“你们打算什么时候结婚？”我问。“你以为我会娶那个女人？”他反问道。“从没想过。”我说。的确，我连做梦也无法想象他和她结婚的情景，从没想过。“但是你的生活？”我问。“我的生活！现在生命对我来说是可憎的。不用担心我的生活。那样只会使你更加愤怒。”两个星期之后，他开枪自杀。在他大衣的内层口袋里，他们找到了一张我寄给他的卡片。

以西班牙文写成的最富情感的诗作当中，有一部分的灵感即源自这段经验。

在这同时，密丝特拉儿仍继续她的教员生涯，但并非一帆风顺。她曾一度被撒冷纳师范学校录用，不久却无缘无故地被驳回。驳回的背后所蕴含的理由十分明显，我们不难想象她的处境——一名未婚女子，无权无势，所写的诗作在本世纪初又被褊狭的智利乡镇视为“先进”。

尽管有重重阻碍，她仍选修密集课程，设法取得所需的文凭。她在各市镇的高中任职，同时继续在智利及外国刊物上发表诗作和文章，1913 年左右，密丝特拉儿的笔名首次出现。她以这个笔名，参加了 1914 年在圣地亚哥城所举行的“花之竞赛”。她以《死亡的十四行诗》为标题的三首十四行诗参赛。这几首诗以无比的张力叙说一段爱恋和一桩自杀的故事。颁奖典礼选出了节庆之后，也安排了演说赞扬得奖人。密丝特拉儿获得首奖，但是她太胆怯了，不敢上台领奖，只是躲在观众席间观看典礼的进行。

这个奖带来了若干好处。南美洲各家报纸杂志开始向她邀稿。她的诗作受到了更多保守派批评家的抨击，但是有具影响力的仰慕者挺身支持她。这种类型的奖往往很快就被人遗忘；但是，如果这个奖颁给了一位真正的诗人，它就成为她献身文学的起点。

她的第一本伟大诗集《绝望》于 1921 年出版，巩固了她在南美洲的声誉。1922 年，荷赛·华斯康齐罗（Jose Vasconcello）——墨西哥的政治家、评论家兼教育部长——寄给她一份官方的邀请函，请她到墨西哥访问并参与一项教育改革计划。这趟旅行使《绝望》一书更广为流传。

这趟墨西哥之旅——在当年，改革是活跃的运动，尤其是教育和艺术方面的改革——对密丝特拉儿的生涯有决定性的影响。墨西哥的改革运动宣称墨西哥不再是西班牙的文化附庸，他们要开创出一种崭新的、地道的拉丁美洲文化和艺术。

密丝特拉儿对这些目标颇为认同。她蔑视“凡事西班牙”的心态，并且坚持自己是土生土长的拉丁美洲人，都和这个改革的理念相去不远。她排斥世界主义的心态，拒绝追随那些一心想（多半徒劳无功）被欧洲生活同化的拉丁美洲人。在她马不停蹄走访各国的旅行期间，她始终忠于她的乡土，忠于艾耳奇河谷的农人，这里是她的灵感、爱心以及母性的最可靠泉源。

这些态度的胚胎早就存在密丝特拉儿的心中（我们可从她早期的诗作窥见端倪），却在与另一改革运动接触之后才开始生根结果。这项运动的主要目标之一是致力于美洲的土地改革——支持这项改革的艺术家里维拉（Diego Rivera）、欧若兹柯（José Clemente Orozco）、席给罗斯（David Alfaro Siqueiros）、阿瑞拉（Mariano Azuela）都谴责拉丁美洲对欧洲风格和影响的依赖是文化殖民主义的症候。

1924年，她从墨西哥到欧洲，经过短暂的停留之后回到智利；1926年，她再度以官方使节的身份前往欧洲。1932年，她进入智利的外交界服务，数年之后，她依智利政府的法令成为终身领事。从那时起，她开始了流浪者的生活，只偶尔回智利探访。

她旅居西班牙、意大利、葡萄牙、美国、巴西、墨西哥、中美洲、安地列斯群岛以及波多黎各，一种无可满足的乡愁似乎迫使她不断地迁移，她在诗作里时常提到自己没有根：

不存在的土地，
奇异的国度，
比天使和
模糊的口令
还要轻，
死海藻的颜色，
云雾的颜色，
永恒一如时间，
没有黄金年代。

当密丝特拉儿得知自己获得诺贝尔文学奖时，她正在巴西东南的帕特拉坡利斯市。这是拉丁美洲作家首次获得此项荣誉。但是，根据所有亲睹者的说法，她的生活习惯并未因此有任何改变。的确，她的简朴有时令人不知所措。1954年——已接近她生命的尾声——她回到她的祖国。在这次返乡之行中，她被神化为国家的至高典范，但智利人发觉她并不为赞美所动。

1957年1月11日，她在久病之后逝世于纽约。依照她的嘱托，她被安葬于艾耳奇河谷内的蒙提格兰第村（她儿时生活的地方）的公墓里。

密丝特拉儿发表于杂志上的诗作有各种不同的版本，这说明了她勤勉不懈地进行修改。她从未对自己的作品感到全然满意。她很少认为某一首诗已到定稿的地步，因此，虽然她在报纸杂志上发表了许多诗作，但是她顽固地不肯将诗作结集出版。在一群纽约崇拜者——哥伦比亚大学教授狄奥尼斯（Federico de Onis）曾向他们推介密丝特拉儿的作品——的敦请之下，《绝望》这本诗集才得于1922年出版。

密丝特拉儿此一阶段的文学品位说明了《绝望》的风格——粗犷，强劲有力，每每语带夸张。一名智利批评家曾说：“法国的古希腊风格无法引起她的共鸣。她较喜欢狂乱而伟大的俄国小说；她喜欢泰戈尔泛神论的朦胧。她并不具有所谓的无瑕疵的鉴赏力。”在《我的书》里，她开列了自己所喜欢的书本和作家：《圣经》、但丁、意大利的圣方济和墨西哥的亚马多·涅否（Amado Nervo）。她的书单里没有西班牙作家。曾有人引述，说她曾提及“我们的文学之父，但丁”，而未将此一头衔给予塞凡提斯。此种对语言传统的漠视，说明了——至少部分说明了——《绝望》一书里的粗犷风格，一种几乎完全自独创性和表达功力得到弥补的粗犷。

《我的书》里所列出的作家和《绝望》一书中的主题完全契合：爱恋的激情，对死亡和永恒的萦绕，神，自然，以及农人的生活。《绝望》最重要的部分是题为《忧伤》的篇章（见本译诗集第一辑前六首）——描述她各阶段的青春激情，从最初的相遇，因爱人自杀而引起的绝望，到最后的遗忘。对爱情，一如对所有事情，密丝特拉儿追求绝对与永恒。在实际的爱情里，因为种种限制，她无法获得满足。因此，初次相遇即蒙上悲剧的阴影：

欢乐的歌声
来自他无忧无虑的双唇；
但是见到了我，
他的歌声变得黯淡。
我俯视小径
发觉它陌生如梦中情景。
在钻石般闪亮的清晨
我的脸被泪水沾湿！

对终将发生悲剧的感知在《忧伤》的篇章里一再出现，这的确是她后期诗风的特色。在《狂喜》一诗中，她描述她和爱人的一段对话：

我向他谈起他的将来以及我的，
血泪溶成的致命糊浆。

她的诗由虔诚的情感支配着。透过爱情以及对自然的冥想，她追求超越物质世界的不变本质。肉体之爱绝非目的本身。她的爱人自杀以后，她的绝望中掺杂了一股奇异的喜悦——从此她可以毫无对手地占有他了。在《死亡的十四行诗》的第一首里，她叙说着她将如何把他挪出放置骨灰的壁龛，埋入大地，远离人类。她说她将“以母亲守护酣睡婴儿般的蜜意”去做这件事。然后，她将用泥土覆在他的身上。此诗第一首最后几行这样写着：

我会讴歌美丽的复仇转身离去，
因为再没有其他的手会伸入这
隐蔽的深处和我争夺你这撮尸骨！

她晚期的诗作情感较缓和，无过强的主观色彩；她拥抱一个更宽广的世界。在这个世界里，自然、人类和历史都占有一席之地。她开始将爱心转向孩童：身为教师，她亲近小孩，最后也唯有小孩才能使她自苦痛中解脱。此一主题在《绝望》一书中已经出现，但未发展成形，其重要性不如晚期诗作所呈示的 。

《温柔》（*Ternura*）一书，1924 年出版于马德里，包括了已收入《绝望》里的若干诗作，以及一些尚未发表的诗（本译诗集《温柔》《给母亲们的诗》两辑里的诗即选自《温柔》）。1945 年于布宜诺斯艾利斯再版时，又加进了数首新作。有些人不认为它是《绝望》之外的另一本诗集，因为有好些诗重复出现。事实上，这些诗作在前一本诗集里并未受到注意，因为《忧伤》这部分抢尽了风头。如今，和新的诗作一起出版，在风格上呈现出明晰的统一性。

《温柔》一书中，诗的语言显示出语调的独创性，这和仍逗留于《绝望》的爱情诗里的拉丁美洲“世纪末”的修辞语法截然不同，虽然《绝望》较接近南美洲的口语。拉丁美洲的作家必须使用一种他们仅部分拥有的语言和传统来创作，密丝特拉儿始终意识到这个问题。在《温柔》的阿根廷版本里，诗人以“申辩的方式”附上一段后记：“又一次我觉得自己被杂种的文辞压迫着，我隶属于那群先天即缺乏古代或中世纪时代的不幸民族——有内脏、脸孔和表情——明显流露出因移植而产生的苦痛。我视自己为所谓‘种族经验’（称之为‘种族强暴’或许更为贴切）的扭曲产物。”

虽然风格殊异，但《温柔》里的诗作可说是《绝望》的直接延伸。受挫的热情使诗人渴望母性，这种渴望也势必受到挫败，但这股力量使诗人创造出一个和现实接触即告消失的想象中的儿子。

她对童稚所怀的温柔将她自痛苦中解救出来，否则这种痛苦必然早已将她诗的灵感摧残殆尽。这种温柔针对孩童而发，针对生命中最纯洁的事物而发。她从绝望的深渊复苏，得归功于她对自然和其他人的关爱，这和另一位智利大诗人聂鲁达（Pabla Neruda）的转变是殊途同归的。两人在一开始都是浪漫主义者，写作有关绝望和成长的诗篇；而后两人都蜕变成描写自然和拉丁美洲历史的诗人，都认为自己有义务将世界的面貌呈现给他们的同胞。

虽然密丝特拉儿从未间断她的文学创作，但一直到1938年，她的第三本书《滥伐》（*Tala*）才在布宜诺斯艾利斯出版，而她的第四本书（也是最后一本）《榨酒器》（*Lagar*）于16年之后（1954年）才在智利的圣地亚哥出版。

在《绝望》和《滥伐》《榨酒器》这两本成熟期诗集之间，她的诗作经历了深沉的转变。爱情诗的密度和绝望消失，代之而起的是在《温柔》一书中即已展现的新主题——拉丁美洲及其本土的传统。

她的风格摆脱了拉丁美洲现代主义的作风，摆脱了亚马多·涅否、达利奥（Ruben Dario）以及维拉（Vargas Vila）遗留下来的传统。如今，她的风格变得晦涩，有些时候显得玄奥，未能全然成功地脱离聂鲁达那无可抗拒、具传染性的影响。此外，田园风和古文体的语言特质十分明显。根据《滥伐》前言里的一个注释的说法是："不仅在书写上，同时在说话上，我使用了许多古风的辞句，唯一的前提是，它们生动且平易近人。"

《滥伐》一书的第一部分写密丝特拉儿母亲的去世（于1929年）。诗人告诉我们："她为我准备了宽广、遮阳的住所。为了我，她创造出一块土地，我在上面生活了六七年。这个家园因为她的去世变得值得珍爱；因为我身陷信仰危机，灵魂动荡不安，变得可憎。"

她内心空无一物，除了巨大的枯竭。早年她渴望那超越死亡的生命，如今她反而冀求绝对的虚无。

在《老织工的夜曲》里，我们觉察出一种强烈的怀旧语调。母亲在世时的田园风的童年向她召唤，使她陷入极端忧郁的状态，因此她宁可否认过去，让记忆“悬挂在门口”。一如《绝望》里的抒情诗，本书一系列悼念亡母诗的最后一首即同时流露对命运的顺从及从中领受的希望。

在《榨酒器》（其标题暗示出田园诗的风貌）一书里，我们也可以找到许多有关自然的诗。但是在这本书里，灵感较贫弱、纯粹，也不涉及民间传说（而在《滥伐》一书里，民间传说不断地涌现）。此种风格的净化使作品更为精妙，激情也得以冲淡——这是密丝特拉儿作品中最持久的特质。

我们必须牢记此书的第一首诗《另一个女人》所传达的讯息：

> 我杀了我体内的一个女人：
>
> 我不爱她了。

这里的“一个女人”即是指那个激情、忧伤的女人——她曾一度如此，但不想再如此了。在《榨酒器》一书的结语《最后一棵树》里（其实也可以说是她所有作品的结语），她期待死亡的来临，幻想自己已度过此生，而且暗示来生或许已经开始，在这里，她将寻到“一棵树，做我的投宿处”：

也许它的树叶
早已将我的梦裹住，
而死去的我在其下
歌唱，毫不知觉。

爱，大地，对死亡的沉思，这些是赋予密丝特拉儿的诗作统一性的主题，也是能恒久永续的仅存事物。

注：霍格·爱德华斯（Jorge Edwards），智利作家、外交官。

密丝特拉儿写作年表

1889年　4月7日生于智利维库那镇（Vicuña），本名露西亚·德·玛丽亚·高多宜·阿卡雅佳（Lucilade María Godoy Alcayaga）。父亲胡安·杰罗尼摩·高多宜（Juan Jerónimo Godoy）是个老师，也是诗人，在密丝特拉儿三岁前即离家出走；母亲朵娜·佩脱尼拉·阿卡雅佳（Doña Petronila Alcayaga）是个裁缝。长密丝特拉儿13岁的同母异父的姊姊艾梅里娜·摩丽拉·阿卡雅佳（Emelina Molina Alcayaga）也是小学老师。

1905年　在省会撒冷纳（La Serena）附近之艾耳奇（Elqui）河谷的两个小村庄任教，并在当地报纸上发表诗作和文章。受哥伦比亚诗人华嘉斯·维拉（Vargas Vila）及《圣经》影响。

1906年　在撒冷纳，认识铁路工人罗梅里欧·乌瑞塔（Romelio Ureta），并发生恋情。

1909 年　11 月罗梅里欧·乌瑞塔举枪自尽。

1911 年　父亲病逝他乡。

1913 年　首次启用密丝特拉儿（Gabriela Mistral）为笔名。

1914 年　在智利的圣地亚哥城举行的“花之竞赛”中，以三首描述爱情与自杀事件，名为《死亡的十四行诗》的诗作得到首奖。

1920 年　担任泰穆科（Temuco）的中学校长，在这里认识了 16 岁的聂鲁达（Pablo Neruda）。

1922 年　诗集《绝望》（*Desolación*）在美国纽约出版。受墨西哥教育部长荷赛·华斯康齐罗（José Vasconceloo）之邀到墨西哥访问，参与一项教育改革计划。

1924 年　从墨西哥到欧洲，短暂停留后回到智利。第二本诗集《温柔》（*Terunva*）在马德里出版。

1929 年　母亲去世。

1932 年　进入智利外交界服务。

1933 年　受邀到波多黎各担任访问教授。被派为智利驻马德里领事。

1935 年　智利国会任命她为终身领事。

1936 年　先后出任驻危地马拉与驻葡萄牙里斯本领事。

1938 年　第三本诗集《滥伐》（*Tala*）在布宜诺斯艾利斯出版。

1941 年　任驻巴西总领事。

1945 年　获诺贝尔文学奖。先后出任驻美国洛杉矶与圣芭芭拉领事。

1948 年　任驻墨西哥维拉克鲁斯领事。

1949 年　任驻意大利那不勒斯领事。

1951 年　获智利国家文学奖。

1953 年　迁居纽约，代表智利出席联合国大会。

1954 年　受智利总统之邀回国访问。获美国哥伦比亚大学荣誉博士学位。第四本诗集《榨酒器》（*Lagar*）在圣地亚哥出版。

1957 年　1 月 11 日逝世于美国纽约。遗体运回智利，在圣地亚哥举行国葬仪式。三年后（1960年），依其嘱托，安葬于艾耳奇河谷的蒙特格兰德村（Montgrande）的公墓里。逝世十年后（1960年），诗集《智利之诗》（*Poema de Chile*）于马德里首度出版。